Eventyret om Den lille Wimsey

© Henrik Kostow 2014

ISBN: 9788771455694

Forlag:
Books on Demand GmbH, København, Danmark

Produktion:
Books on Demand GmbH, Norderstedt, Tyskland

Forlag:
Books on Demand GmbH, København, Danmark

Fremstilling:
Books on Demand GmbH, Norderstedt, Tyskland

ISBN 978-87-7145-569-4

Dette lille eventyr er dedikeret til verdens bedste og mest trofaste hund, Wimsey. Tak for de mange oplevelser du har givet og stadig giver.

Henrik Kostow

Eventyret om Den lille Wimsey

Indholdsfortegnelse

Indledning

Dette lille eventyr er mere end bare en opdigtet historie, men er baseret på virkelige hændelser tilsat den eventyrlige digtning.

Det har ikke været hensigten at skildre de faktiske forhold i hændelsesforløbet, men blot at skrive et lille eventyr om begivenheder, der rent faktisk har fundet sted.

Forfatteren

Kapitel 1
Den flinke mand

En gang for mange år siden – det var den 19. december – blev der født en lille hundehvalp, der kom til at hedde Wimsey.

Han var den midterste lille hundehvalp ud af et kuld på 10. Men til trods for han var den midterste hundehvalp, var han langt den sødeste og frækkeste.

En dag, da Wimsey var omkring 5 uger gammel, kom der en flink mand forbi kennelen, hvor Wimsey boede med sine søskende og mor Nanna, for at se på en ny hund. Han faldt straks for Wimsey, da han jo som bekendt var langt den sødeste lille hundehvalp i denne ganske vide verden.

Den flinke mand besluttede sig for at Wimsey skulle være en del af hans familie, men han måtte vente tre lange uger, før han kunne få Wimsey med sig hjem. For små hundehvalpe skal nemlig være mindst 8 uger gamle, før de må flytte væk fra deres mor og ind hos deres nye familier.

Der var kun gået nogle ganske få dage, da en blind mand kom til kennelen for at snakke med de mange små hundehvalpe. Den blinde mand ville gerne købe en hund, der skulle trænes til at blive førerhund – noget af det højeste en hund kan opnå i sit liv.

Den blinde mand snakkede med alle de små hundehvalpe og mor Nanna samt de rare mennesker, der havde kennelen. Den blinde mand faldt pladask for én af de små hundehvalpe, nemlig ham, der senere skulle komme til at hedde Wimsey.

Men ak, den flinke mand havde jo allerede fået lov til at købe den lille Wimsey når han var fyldt 8 uger, så den blinde mand måtte vælge en anden af de søde hunde. Men den blinde mand og den lille Wimsey legede så godt sammen, at Wimsey ville med den blinde mand hjem. Men det måtte han jo ikke, da han allerede var blevet solgt til den flinke mand.

Den blinde mand blev ked af det, men forstod godt, at når man én gang har lovet noget til nogen, skal man stå ved det man lover. Derfor valgte den blinde mand en anden hund i kuldet. Det var ham, der kom til at hedde Ekko. Han skulle være den blinde mands førerhund, men en lille hundehvalp skal være mindst 1 år, før man kan begynde at træne den til at blive førerhund. Derfor måtte Ekko blive boende hos de rare mennesker i kennelen, indtil han var gammel nok til at begynde i førerhundeskole.

Da de tre lange uger var gået, kom den flinke mand tilbage igen for at hente Wimsey med sig hjem. Den lille hundehvalp var ked af at skulle forlade sin mor og sine søskende, for de havde haft det så godt sammen de første 8 uger af Wimseys liv. Men Wimsey vidste, at det var enhver hundehvalps lod at skulle flytte hjemmefra og møde nye hunde og mennesker. Derfor fulgte Wimsey med den flinke mand hjem selvom han græd og var meget ked af det.

Hjemme hos den flinke mand ventede to andre hunde på at modtage den lille Wimsey. De løb den lille hvalp i møde, men Wimsey blev bange for de store hunde. Han vidste jo ikke de bare ville byde ham velkommen i deres hus, men troede de ville gøre ham noget ondt.

"NEJ, NEJ, I må ikke bide mig", skreg den lille Wimsey til de store hunde, der var af samme race som ham – men det vidste den nye hundehvalp i huset bare ikke endnu.

"Jamen, vi vil dig ikke noget ondt. Vi vil bare byde dig velkommen her i vores lille familie", sagde en af de store hunde til Wimsey på hundesprog. Den flinke mand forstod ikke hvad hundene sagde til hinanden, så han troede den lille Wimsey allerede havde fundet sig til rette sammen med de andre hunde.

"Hvad så med den flinke mand? Er han virkelig flink ved os hele tiden?", spurgte lille Wimsey lidt betuttet. "Åh, ja" svarede den store hund. "Han giver os mad og drikke hver dag og går ture med os ude på marken, hvor han også skyder fugle, som vi så skal komme med til ham"

Wimsey blev mere rolig nu han vidste, at de to store hunde og den flinke mand ikke ville ham noget ondt. Men det der med at komme med døde fugle til den flinke mand, vidste den lille hundehvalp nu ikke rigtig, hvad var for noget. Selvom Wimsey godt kunne lide at komme med sine legesager, havde han aldrig prøvet at komme med en fugl.

Som tiden gik, faldt lille Wimsey til hos de to store hunde og den flinke mand. Han tænkte tit på sin mor og søskende. Han vidste ikke hvordan de havde det, eller hvor de nu var henne i deres store verden. For det er nemlig sådan, at hundehvalpe flytte hjemmefra for at bo hos nye familier rundt omkring i den store verden.

Wimsey faldt godt til hos de to store hunde og den flinke mand og manden begyndte allerede fra starten af at træne med Wimsey.

For den lille hundehvalp skulle nemlig – ganske som de to store hunde – lære at hente ænder, som den flinke mand havde skudt. I starten kastede den flinke mand en bold, som den lille Wimsey så skulle hente tilbage til ham.

Eftersom Wimsey var dygtig til at komme med bolden når den blev kastet, begyndte den flinke mand nu at kaste med legeænder, som Wimsey så skulle hente.

Tiden gik, og den nu ikke længere så lille hundehvalp, blev så dygtig til at hente ting og sager til den flinke mand, at han snart skulle lære at hente rigtige ænder. Wimsey havde det godt hos de to store hunde, som han fandt ud af han var af samme race som, og den flinke mand. Så godt, at han ikke hver dag tænkte på sin mor og søskende. Men glemte dem gjorde han aldrig, for de havde en speciel plads i hans lille hundehjerte.

Den lille hundehvalp voksede og voksede og blev næsten lige så stor som de to store hunde. Han var nu omring ét år gammel og var en glad og dygtig hund, der kunne komme med skudte ænder til den flinke mand.

Hundehvalpen og de to store hunde plejede at få mad to gange om dagen af den flinke mand. Men en morgen var der pludselig noget galt. Den flinke mand sad ved sin computer med en kop kaffe og sagde ikke en lyd og bevægede sig gjorde han heller ikke. En af de store hunde puffede til ham, men den flinke mand rørte sig stadig ikke.

"Det var da underligt," sagde en af de store hunde til den anden store hund. "Han sidder bare der og siger ingenting."

16

"Ja, det er da noget underligt noget," sagde den anden store hund.

"Jamen, får vi så ingen mad eller vand?" spurgte lille Wimsey. Han var endnu ikke så stor og voksen, at han kunne tænke på andet end mad og leg. Det var hans hele verden: At spise og lege med de to store hunde og den flinke mand.

"Kan du da ikke tænke på andet end mad og at lege", hvæsede en af de to store hunde ad den lille Wimsey, der blev så forskrækket over det hårde tonefald, at han skyndte at gennem sig bag en stol. Efter nogen tid kom han dog frem igen og gik med forsigtige skridt hen mod de store hunde.

"Undskyld," snøftede den lille Wimsey. "Men jeg er kun en lille hundehvalp, og jeg tænker kun på at få noget at spise og at lege."

"Ja, ja, det er godt nok," sagde den store hund, der havde hvæset af den lille Wimsey, nu med et noget blidere tonefald. "Det skal nok gå alt sammen," fortsatte den store hund.

Men den lille Wimsey havde bange anelser. Han vidste, at der var noget helt galt når den flinke mand ikke havde givet dem mad og vand. Det plejede han altid at gøre og nu var alle tre hunde altså blevet sultne og tørstige. De to store hunde puffede begge to til den flinke mand, der stadig sad ved computeren med sin kaffekop. Han selvom de to store hunde puffede og puffede til ham, rørte han sig ikke ud af stedet. Det var som om han var lige så død som de ænder, de hentede til ham i skoven.

"Åh, nej," tænkte den lille Wimsey. "Jeg skal aldrig mere få mad og drikke eller hente døde ænder til den flinke mand mere. Det er ganske forfærdeligt," tænkte han.

De to store hunde blev mere og mere rastløse. Det var som om de også kunne mærke, at der var noget helt galt med den flinke mand, der bare sad i stolen foran computeren uden at bevæge så meget som en finger.
En af de store hunde kom hen til den lille Wimsey og sagde:

"Tja, måske har du alligevel ret du lille ven." Måske er den flinke mand virkelig død og kan ikke mere give os mad og drikke. Måske skal vi sulte og tørste ihjel og aldrig mere skal vi lege sammen eller hente døde ænder i skoven."

"NEJ, NEJ!" skreg den lille Wimsey. Sådan noget må du altså ikke sige. Vi skal hverken sulte eller tørste ihjel og vi skal hele tiden lege sammen på marken og hente døde ænder i skoven. Aldrig skal vi skilles, for vi har det jo så godt sammen. Vi er familie, og en familie skal man aldrig splitte ad."

"ja, ja, han bliver klogere," tænkte den store hund om lille Wimsey. Men han sagde det ikke højt, for han var bange for at gøre den lille hundehvalp endnu mere ked af det. Og er der noget hunde ikke ønsker, er det at gøre hinanden kede af det. Mennesker derimod, kan godt finde på at gøre hinanden kede af det – og det helt uden at blive kede af det bagefter.

Tre lange dage gik, hvor den lille Wimsey og de to store hunde hverken havde fået spise eller drikke, for den flinke mand sad stadig i stolen foran computeren med sin kaffekop.

Alle tre hunde led til sidst en ganske forfærdelig sult og tørst, for i tre lange dage havde de hverken spist eller drukket. Der var ikke skyggen af hverken mad eller vand i hele huset, og til sidste blev det for meget for en af de store hunde.

"Åh, nej!" udbrød den. "Vi skal alle dø af sult og tørst og aldrig mere skal vi lege sammen eller hente døde ænder i skoven. Det er så ganske forfærdeligt at tænke på. Må døden dog bare snart komme forbi og hente os, så vi kan få det hele overstået og fare op til himlen."

Den anden store hund begyndte at græde mens den lille Wimsey gemte sig under en stol. Han skulle i hvert fald ikke hentes af nogen død, så hellere gemme sig under stolen, hvor alt var trygt og godt. Her kunne han gemme sig for den store grumme verden, og han var sikker på, at ingen, end ikke denne Hr. død, ville kunne finde ham her.

Men pludselig kunne de to store hunde og den lille Wimsey høre nogen pusle ved døren.

"Åh, nej", råbte alle tre hunde til hinanden. "Nu kommer døden og henter os," udbrød de nærmest i kor. "Det er ganske forfærdeligt! Nu er det slut med os. Kom, lad os gemme os sammen, så døden ikke kan finde os".

Den store hoveddør knirkede og blev langsomt lukket op. De tre hunde rystede og skælvede, mens de kunne se en lang mørk skygge træde ind i stuen. De var sikre på, at det nu var døden, der kom og ville hente dem. Men de havde jo gemt sig, så døden ikke kunne finde dem.

"Jamen, jamen," udbrød den ene store hund. "Det er jo slet ikke døden, der kommer. Ham der var vi da set før og tit leget med ude i skoven."

De to store hunde skyndte sig frem fra deres gemmested, mens den lille Wimsey blev liggende til han var helt sikker på, at det nu også var en af den flinke mands venner, der var kommet. Da han med egen øjne så, at det rent faktisk var en af den flinke mands venner, der var kommet, kom også den lille Wimsey frem fra sit skjulested.

"Den flinke mand sidder bare i sin stol og kigger på sin computerskærm, og vi har ikke fået mad og drikke i tre lange dage," udbrød de to store hund i munden på hinanden. Men da de talte i hundesprog, forstod den flinke mands ven ikke et hak af, hvad de sagde.

De to store hunde forsøge endnu en gang at forklare at de både var sultne og tørstige, men den flinke mands ven forstod ikke hundesprog og kunne derfor ikke finde hoved og hale i det, hundene sagde. For ham lød det bare som om de gøede. Da mennesker ikke kan forstå hundesprog, kunne han ikke forstå, hvad de to store hunde forsøgte at fortælle ham. Men hvordan kan man forlange, at mennesker skal kunne forstå hundesprog, når menneskene ikke en gang kan forstå hinanden?

I stedet gik de to store hunde ind til den flinke mand, der stadig sad foran sin computer med en kaffekop stående ved siden af.

En af de store hunde råbte "Kom nu!" til den flinke mands ven, men for vennen lød det bare som om hunden gøede. Han gik efter lyden af hunden, der gøede, og fandt den flinke mand siddende foran sin computer.

I mellemtiden var den lille Wimsey kommet frem fra sit skjul og fór hen til de to store hunde og den flinke mands ven.

Vennen så med det samme, at den flinke mand virkelig var lige så død som de ænder, de tre hunde havde lært at hente ude i skoven. Den flinke mand var død og kunne aldrig mere tage sig af de tre uskyldige hunde.

"Hvad skal der nu blive af os?", tænke de tre hunde samtidig. Den flinke mands ven så med bedrøvede øjne på de tre hunde og sagde til de tre hunde på menneskesprog: "Jamen dog! I ser så sandelig ud til at kunne trænge til noget at spise og drikke." De to store hunde og den lille Wimsey forstod straks, hvad vennen sagde. De var alle tre både sultne og tørstige og kunne snart ikke vente længere med at spise og drikke.

Kapitel 2
Hjemme igen

Efter at den flinke mand nu var død, skulle menneske tage stilling til, hvad der skulle ske med de to store hunde og den lille Wimsey.

Nu sker det ofte i den store, stygge verden, at menneskene tit træffer beslutninger om andre, uden altid og tænke på, hvad der er bedst for dem det går ud over.

Men lige netop i tilfældet med de to store hunde og den lille Wimsey, forsøgte menneske at træffe de rigtige beslutninger. Ikke, hvad der var rigtigst på kort sigt, men hvad der var bedst på længere sigt. Og se, hvad der er bedst på lang sigt, er altid den bedste beslutning at træffe.

De to store hunde og den lille Wimsey skulle nu skilles ad og bo hver for sig.

"Nej, nej! Jeg vil ikke bo andre steder end her," råbte den lille Wimsey da han blev ført ud i en bil for at komme til sit nye hjem.

Wimsey græd og græd under hele køreturen, der føltes som en evighed. Men det var kun en ganske kort køretur og snart ankom den grædende Wimsey til et nyt hjem.

"Jamen, hov. Her har jeg da været før," tænkte den lille Wimsey da de kørte på en lang grusvej.

"Jeg kender jo stedet og har boet her før. Jamen, er det ikke.....?"

Jo, det var det skam! Wimsey var kommet hjem til den hyggelige kennel, hvor han havde tilbragt de første lykkelige 8 uger af sit liv med sin mor og de mange søskende. De mange søskende var over alle bjerge, men de rare mennesker og mor Nanna var der stadigvæk.

"Min dreng! Hvor er det rart at se dig igen," udbrød mor Nanna mens hun slikkede og slikkede den lille Wimsey, der stadig græd tårer – men denne gang af glæde over at se sin mor og de rare mennesker, der havde hjulpet ham til verden, igen.

Mens mor Nanna slikkede og slikkede den lille Wimsey, blev de rare mennesker fra kennelen så glade for at have den lille Wimsey hjemme igen, at de lavede en rugbrødslagkage til Wimsey med leverpostej i.

Pludselig kom en anden hund, som Wimsey mente at kende, farende hen til den lille Wimsey. En anden hund på samme størrelse og som så ud næsten lige som Wimsey.

"Jamen, er du ikke.....?" råbte Wimsey til den anden hund.

"Jo, det er mig! Din bror Ekko, der skal være den blinde mands førerhund."

Gensynsglæden mellem de to brødre var stor. De var sammen kommet til verden og havde levet de første 8 uger sammen, før de blev adskilt som hunde nu en gang gør, når de flytter hjemmefra.

Wimsey var kommet hjem igen! Hjem til mor Nanna, bror Ekko, de andre hunde i kennelen og ikke mindst til de rare mennesker.

Den lille Wimsey faldt hurtigt til i sine vante omgivelser, men tænkte meget på de to store hunde, han havde boet sammen med i mange måneder. Hvad mon der var blevet af dem og hvor mon de boede nu?

Wimsey snakkede meget med sin mor om begivenhederne omkring den flinke mand, de opleveler han havde haft, det han havde lært – som for eksempel at hente døde ænder i skoven – og ikke mindst om de to store hunde, der havde taget så godt imod ham og havde lært ham mange ting.

En dag kom Ekko hen til Wimsey og sagde han måtte snakke med ham. Wimsey blev bange, da han troede han havde gjort noget slemt. For selvom Wimsey efterhånden var blevet en stor hundehvalp, var han bange for at gøre noget forkert og for at få skæld ud.

"Nej, vær ikke bange," sagde Ekko. "Det er ikke noget slemt, men bare noget jeg har gået og tænkt på." Wimsey blev rolig og satte sig ned for at høre, hvad Ekko ville sige til ham.

"Du ved," begyndte Ekko, "at jeg er udset til at være den blinde mands førerhund. Noget af det højeste man som hund kan opnå."

"Ja," svarede Wimsey. "Du er så heldig som nogen hund kan få lov til at være."

"Joh," fortsatte Ekko. "Men ser du, jeg vil faktisk helst ikke være den blinde mands førerhund. Allerhelst vil jeg bare være en ganske almindelig hund, der har en familie. Lige som alle vore søskende har det. Det dér, med at være noget særligt ved musikken, er ikke lige mig".

Wimsey var forundret. Hvordan i alverden kunne man sige nej til at blive en førerhund? At være noget specielt var da enhver hunds drøm. Men ak, stakkels Ekko ville bare være en ganske almindelig hund hos en ganske almindelig familie.

"Jamen, er du da helt sikker i din sag," spurgte den lille Wimsey forundret.

"Ja, jeg er helt hundrede procent sikker i min sag," svarede Ekko bedrøvet.

Somme tider har menneskene planer for hunde som de dog har glemt at spørge hundene om. Men hvordan kan et menneske også spørge, hvad en hund ønsker at blive til i livet, da hunde- og menneskesprog er to vidt forskellige verdener.

Og netop dét, var den bedrøvede Ekkos største problem: Hvordan skulle han overhovedet kunne fortælle menneskene, at han ikke ønskede at blive en førerhund, men blot en ganske almindelig familiehund?

Ekko og Wimsey blev enige om ikke at sige noget til mor Nanna, da de ikke ville skuffe hende. For også hun vidste, at førerhund var noget rigtig mange hunde stræbte efter at blive.

Den lille Wimsey var lidt misundelig på Ekko, da han var udvalgt til at blive den blinde mands førerhund. "Bare det dog havde været mig," tænkte den lille Wimsey ved sig selv.

"FY! Skam dig!" sagde mor Nanna til Wimsey. Hun var en så god mor, at hun vidste hvad hendes to sønner Ekko og Wimsey havde på hjerte. Hun havde på fornemmelsen, at Ekko ikke ville være noget særligt og at Wimsey var lidt misundelig på ham.

"Misundelse er en rigtig grim ting, lille Wimsey," sagde hun. "Dem, der er misundelige, lever et frygteligt liv og har ingen glæde i tilværelsen. Nej, vær du glad for, at du er her, og være stolt over, hvis du en dag får din helt egen familie – ganske ligesom dine søskende."

"Men mor? Er det da ikke synd for stakkels Ekko, hvis han bliver tvunget til at være noget han ikke vil? Var det ikke meget bedre, hvis han fik lov til at blive dét, han allerhelst vil – nemlig en ganske almindelig familiehund?"

"Joh, der har du vist ganske ret, lille Wimsey," svarede mor Nanna. "Men ser du, menneskene gør det, de tror, er bedst for os. Men hvordan skulle de dog kunne spørge os til råds, når deres sprog er så forskelligt fra vores?"

Dette var et af livets helt store spørgsmål, som lille Wimsey tænkte rigtig meget over. Han ville så gerne være noget ved musikken, men hvordan skulle han få overbevist de mennesker, der skulle træffe beslutningen, om at han gerne ville frem i verden?

Tiden gik, og mens den blinde mand sendte gaver og hilsner til Ekko, der blev mere og mere bedrøvet over udsigten til at skulle være førerhund, legede den lille Wimsey med de andre hunde og sin tøj-and, som han gladeligt bragte til sine mennesker og viste frem for de andre hunde.

Men pludselig en dag, da Ekko og den lille Wimsey var omkring et år gamle, blev de bragt ud i bilen.

"Hvor mon turen går hen denne gang," spurgte den lille Wimsey sin bror Ekko.

"Aner det ikke, min kære bror," svarede Ekko. "Måske bare en lille tur ud i det blå og så hjem til den dejlige kennel igen."

Men snart blev de to hunde klogere. For turen gik nemlig ikke ud i det blå, men til en mand, der var hundedoktor..

"Jamen, hvad skal vi dog her? Vi er jo ikke syge eller dårlige," sagde Ekko og den lille Wimsey i munden på hinanden. Men manden fra den dejlige kennel troede bare de to hunde gøede og var glade for at komme til hundedoktoren. Lidt – eller rettere intet – vidste han om, hvad de to hunde havde talt om. For menneskene lød det bare som om Ekko og Wimsey gøede, da de som bekendt ikke forstod hundesprog.

Inden hos hundedoktoren hilste både hunde og mennesker på hinanden. Men pludselig mærkede Ekko og Wimsey et lille stik i nakken – og pludselig blev de så trætte, at deres små øjne lukkede sig. De kæmpede begge to for at holde sig vågne, men trætheden var så overvældende, at både Ekko og den lille Wimsey til sidst måtte giver efter. Og bum sov de begge to så sødt.

Da de atter kom til sig selv, lå de i et bur hos hundedoktoren. De var så trætte, at de bare havde lyst til at sove, men så så de manden fra den dejlige kennel, der var kommet for at bringe dem hjem til kennelen igen.

Atter hjemme, kom mor Nanna farende ud for at tage imod sine to sønner.

"Hvor har I dog været, mine to dejlige drenge," spurgte hun.

"Vi har været hos hundedoktoren," svarede Ekko og den lille Wimsey i munden på hinanden. "Og vi fik et prik i nakken, så vi blev så trætte, så trætte, at vi bare måtte sove."

"Åh, stakkels jer," peb mor Nanna. Men menneskene troede bare de tre hunde gøede og legede. Intet anede de om, hvad de i virkeligheden sagde til hinanden.

"Kom," sagde Wimsey, der vare den klogeste lille hund, "lad os gemme os under bordet, så vi kan høre, hvad menneskene snakker om. Måske siger de noget om, hvorfor vi var hos hundedoktoren i dag."

Som sagt så gjort. Både Ekko og den lille Wimsey kravlede ind under bordet og gav sig til at sove rævesøvn. På den måde regnede de med, at menneskene ville tro de stadig var trætte og bare sov. De havde nemlig ingen idé om, at de to hunde kunne forstå, hvad menneskene snakkede om.

"Nåh, hvordan gik det så med Ekko og den lille Wimsey?" spurgte damen fra kennelen sin mand, der havde kørt Ekko og Wimsey til hundedoktoren.

Både Ekko og den lille Wimsey spidsede ører. "Nu kommer det," tænkte de begge to.

"Joh," svarede manden med lidt tøven. "Wimsey var helt OK, men Ekko har en lille fejl på sin ene albue. Det betyder nok, at han ikke kan blive den blinde mands førerhund alligevel."

"JUHU," tænkte Ekko. Han kunne næsten ikke holde sin begejstring tilbage. "Så slipper jeg måske for at blive noget særligt, men kan nøjes med at blive en ganske almindelig familiehund," tænkte Ekko ved sig selv.

Wimsey slikkede Ekko i hovedet. Han var så glad på Ekkos vegne, der nu måske kunne blive fri for at blive den blinde mands førerhund og bare blive en ganske almindelig hund.

"Men kan vi så ikke bare begynde at træne med Wimsey?" spurgte damen sin mand.

"Joh, det var måske en mulighed," svarede manden. "Men det kommer jo an på, hvad den blinde mand siger til det," svarede manden sin kone. "For nu havde vi jo lovet, at det skulle være Ekko, der skal være hans førerhund." Både damen og manden fra den dejlige kennel blev kede af det, for de vidste jo ikke, om den blinde mand ville synes om deres forslag.

I mellemtiden lå den lille Wimsey under bordet og jublede stille for sig selv. Han havde nu hørt, at han måske kunne blive noget af det højeste, en hund kan opnå – nemlig at blive førerhund. Men mon den blinde mand overhovedet ville have ham. Wimsey blev bedrøvet ved tanken om, at den blinde mand ikke ville have ham som førerhund, mens Ekko atter blev en glad hund ved udsigten til at blive en ganske almindelig familiehund.

Menneskene blev enige om at sende en besked til den blinde mand og fortælle ham, at Ekko ikke kunne blive hans førerhund, men at Wimsey godt kunne. Den blinde mand skulle så tage stilling til, om han i det hele taget ville have Wimsey som førerhund.

Men som vi allerede fandt ud af i begyndelsen af dette eventyr, ville den blinde mand allerede fra første gang han mødte den lille Wimsey have haft ham som sin førerhund. Men Wimsey var jo allerede lovet væk til den flinke mand, der som bekendt døde i sin stol foran computeren.

Nu havde den blinde mand endelig fået mulighed for at få den lille Wimsey. Men der var stadig megen træning der skulle overstås for den lille Wimsey før den blinde mand kunne få ham og få ham trænet til at blive en rigtig dygtig førerhund.

Både Ekko og den lille Wimsey blev begge rigtig glade for beslutningen, da de begge fik deres ønsker opfyldt. Ekko endte med at blive en ganske almindelig familiehund, sådan som han havde ønsket sig det, og den lille Wimsey skulle nu være førerhund og dermed blive noget særligt ved musikken.

Kapitel 3
Den blinde mand I

Efter mange måneders træning, hvor den lille Wimsey skulle lære en masse ting som for eksempel at gå pænt i snor, sidde pænt, dække, gå i sele som førerhunde gør og blive vant til kirkeklokker og orgelmusik, var tiden nu kommet til at den blinde mand skulle besøge den dejlige kennel og hente den lille Wimsey.

Det var en dejlig varm sommerdag, hvor den blinde mand og hans far havde taget den lange tur til den dejlige kennel for at hente den lille Wimsey.

Menneskene på kennelen var alle spændte på, hvordan den lille Wimsey ville reagere på at skulle med den blinde mand hjem. Også den blinde mand var spændt på, hvordan Wimsey ville reagere på at skulle med ham hjem. For som bekendt ville den blinde mand have haft Wimsey allerede da han var hvalp, men han var jo som bekendt allerede lovet væk til den flinke mand.

Da den blinde mand kom ind i haven, kom Wimsey ud af huset. Den blinde mand satte sig ned i græsset og bredte armene ud for at modtage den lille Wimsey i sine arme. Wimsey kom vimsende og snuste til den blinde mands hænder, før han lagde sig ned foran den blinde mand.

"Jamen, det er jo den blinde mand, der er kommet for at besøge mig," sagde Wimsey højt. Den blinde mand forstod, hvad den lille Wimsey sagde, for han havde nemlig været i et fjernt land, hvor man kan lære hundesprog.

"Jeg er kommet for at hente dig hjem til mig," sagde den blinde mand til lille Wimsey.

"Så skal jeg jo med dig hjem," sagde Wimsey mens han logrede med sin lange hale. "Sammen skal vi udforske den store verden og beskytte hinanden mod alverdens ondskab," sagde Wimsey.

"Ja," sagde den blinde mand, "vi to skal være sammen for altid og udforske den store verden. Men først skal du lære en masse ting, så du kan blive en dygtig førerhund."

"Jeg vil gerne lære en hel masse," sagde Wimsey. "Men kan jeg så ikke hente ænder til dig i skoven?" spurgte Wimsey den blinde mand. Han var ikke helt klar over, hvad det ville sige at være blind og ikke kunne se noget.

"Nej, du kan ikke hente de ænder som du så gerne vil i skoven, da jeg ikke kan skyde dem," sagde den blinde mand. "Men i stedet skal jeg love dig, at du får en plys-and, som du kan komme med så ofte du vil."

"Jah, min egen lille plys-and," sagde Wimsey glad og logrede endnu mere med sin lange hale. For der var ingen hunde som ham, der gerne ville hente ænder og bringe dem til sin ejer. Derfor var det perfekte legetøj til den lille Wimsey en plys-and.

Efter en dejlig dag hos de rare mennesker på den dejlige kennel, skulle Wimsey og den blinde mand hjem igen. Efter at den blinde mand havde brugt dagen på at forklare den lille Wimsey, hvad han skulle lære og at de sammen skulle ud og opleve den store verden, sprang Wimsey vupti ind i bilen, som den blinde mands far skulle køre. Det var en dejlig dag, der nu var ved at være til ende. Og både den blinde mand og den lille Wimsey var trætte og sov i bilen på vejen hjem.

Kapitel 4
Den lange rejse

Den lille Wimsey og den blinde mand tilbragte nogle uger sammen, før de skulle ud i den store vide verden. Den blinde mand havde jo lovet den lille Wimsey, at de sammen skulle udforske den store verden, og Wimsey glædede sig vildt til at opleve bl.a. landet, hvor man kan lære hundesprog og hvor han skulle træne til at blive en dygtig førerhund. Bare han kunne beholde sin elskede plys-and og være sammen med den blinde mand, ville han blive verdens lykkeligste hund.

Selvom det var vemodigt at skulle skilles fra sin mor igen, var den lille Wimsey fuld af håb og glæde. Hunde rejser nu en gang fra deres mødre for at leve sammen med deres egne familier og bringe dem glæde i rigtig mange år. Og nu skulle Wimsey altså trænes til noget af det højeste en hund kan opleve – nemlig at blive førerhund.

Den blinde mand og den lille Wimsey talte meget sammen og den blinde mand fortalte altid Wimsey, hvad han skulle og hvordan tingene hang sammen. På den måde var der ingenting, der kunne komme bag på den lille Wimsey, der nu slet ikke var så lille mere. Men for mange vil han altid være den lille Wimsey, og sådan kan han også bedst selv lide det.

Nu var tiden kommet til, at Wimsey og den blinde mand skulle rejse alene ud i den store verden. Men først skulle de nogle dage til et fremmed land, hvor man taler tysk.

Den blinde mands far kørte den lille Wimsey og den blinde mand til det tyske land, hvor man taler et hårdt sprog. Sproget var så hårdt, at den lille Wimsey altid troede han fik skæld ud, når der var nogen, der talte til ham. Men den blinde mand forklarede Wimsey, at det ikke var tilfældet og at det nu bare var den måde, man talte på i dette land.

Det var ikke alle i den blinde mands omgangskreds, der syntes, at Wimsey var en sød lille hund, og de havde helst set at Wimsey ikke var kommet med til landet. Det gjorde den lille Wimsey meget ked af det, for han havde altid troet han var den sødeste og dejligste hund i hele verden. At der var nogen, der ikke kunne lide ham, gjorde ham så ked af det, at han nogle gange græd sig i søvn om natten.

"Men hvad er der dog i vejen med dig," spurgte den blinde mand, der godt kunne lide Wimsey og syntes han var den sødeste og dejligste lille hund i den ganske verden.

"Der er nogen, der ikke kan lide mig," snøftede den lille Wimsey opgivende. "Godt jeg har min lille plys-and, der kan trøste mig, når jeg er så ked af det," græd han.

"Ak, det skal du slet ikke tænke på, min lille ven. De mennesker, der ikke kan lide dig, kan ikke en gang lide sig selv. De er det man kalder egoister og selvoptagede. De går kun op i dem selv og er ligeglade med alt andet omkring dem, men alligevel kan de ikke lide sig selv. Mig kan de heller ikke lide," trøstede den blinde mand den grædende hund.

Det gjorde Wimsey så glad, at han helt glemte han ikke måtte sove i sengen, at han sprang op ti den blinde mand i sengen og slikkede ham i hovedet. Og siden da, har den lille Wimsey sovet i sengen hos den blinde mand hver nat.

Efter et par uger i landet, hvor man taler tysk og hvor ikke alle kunne lide den lille Wimsey, gik rejsen nu videre til landet, hvor man kan lære hundesprog og hvor hunde og mennesker kan tale med hinanden. Det er et land, der ligger langt væk og hvor man skal flyve i mange timer for at komme til.

Den lille Wimsey vidste ikke, hvad det ville sige at flyve, for han havde jo aldrig prøvet det før. Men det blinde mand vidste det godt, for han havde været i landet, hvor man kan lære hundesprog, før. Han forklarede sin tro følgesvend, at man skulle sidde i en flyvemaskine i rigtig mange timer, før man kom til landet.

Den blinde mand var meget spændt på, hvordan Wimsey ville klare flyveturen. For en sikkerhedsskyld, havde han fået nogle piller, han kunne give til Wimsey, hvis han blev urolig eller bange under flyveturen. Men det skulle vise sig ikke at være nødvendigt. Wimsey syntes det hele var spændende, og da de søde damer, der arbejdede i flyet, tit kom og snakkede med ham, blev han glad. Selv om de snakkede et helt andet sprog, kunne han forstå på deres tonefald, at de ville ham det godt. Sproget var ikke hårdt som i det tyske land, så den lille Wimsey var nu atter en glad hund.

"Jeg tror det land vi skal til, er et godt land," sagde Wimsey forsigtigt til den blinde mand. Han ville nemlig ikke tiltrække sig for megen opmærksomhed fra de andre mennesker i flyvemaskine, hvoraf mange af dem sov og snorkede.

"Ja, det kan du være sikker på," svarede den blinde mand. "I det land vi skal til, vil de alle sammen kunne lide dig, og der taler man heller ikke så hårdt som dér, hvor man taler tysk."

Lige før de to rejsekammerater ankom til landet, hvor man kan lære at tale hundesprog, skulle den blinde mand ind i et lille rum, hvor der næsten ingen plads var. Ja, rummet var så lille, at selv ikke denne lille Wimsey kunne komme med derind. Derfor skulle en af de søde damer, der arbejde i flyveren, holde Wimsey imens.

Mens den blinde mand var inde i det lille rum, kunne han pludselig høre et skrig udenfor. Han skyndte sig at blive færdig og åbnede døren i al hast. Udenfor stod den lille Wimsey og spise en af de pølser, de andre passagerer skulle have haft til morgenmad! Pølserne havde stået lige i Wimsey-højde og fristelsen var blevet for stor for den lille Wimsey, der var blevet lækkersulten efter en lun pølse.

Damen, der havde holdt den lille Wimsey, havde været uopmærksom et øjeblik, og så sagde det HAPS og Wimsey havde taget en pølse. Men nej, han fik ikke skældud, for det var jo ikke hans skyld, at pølserne stod der og fristede så dejligt. Menneskene kunne jo bare have sat dem et andet sted, hvor den lille Wimsey ikke kunne have fået fat på dem.

"Jamen, jeg troede jo de alle sammen var til mig, siden de stod lige dér, hvor de gjorde," sagde Wimsey til den blinde mand da de atter havde sat sig på deres pladser.

"Du kunne da heller ikke tro andet," trøstede den blinde mand den lille Wimsey, der var blevet ked af at han havde gjort noget han egentlig ikke måtte.

Under resten af den lange flyvetur sov den lille Wimsey trygt og godt – for nu var han atter blevet mæt.

****

Da de to rejsekammerater endelig ankom til det store land, hvor man kan lære hundesprog, blev de hentet af en af den blinde mands venner, der skulle køre dem de ca. 15 km til det sted, hvor de i første omgang skulle bo. Wimsey kunne med det samme mærke, at de alle kunne lide ham, mens den blinde mand begyndte at ane uråd omkring ham selv. Selv om den blinde mand havde været der før hos de samme mennesker, kunne han mærke, at stemningen ikke var helt som den plejede at være.

"Hm, hvad mon der er galt," tænke han. Han sagde dog ikke noget til den lille Wimsey af frygt for at gøre ham ked af det. Nu var Wimsey endelig kommet til et stort fremmed land, hvor alle syntes han var en sød og dejlig hund.

Efter nogle ganske få uger i den store by, hvor der bor mange mennesker og hunde, skulle den blinde mand og den lille Wimsey til en mindre by for at arbejde og blive trænet til en dygtig førerhund. Det var her at den lille Wimsey skulle lære mange nye ting som eksempelvis at kende forskel på højre og venstre, stoppe ved kantsten, gå uden om skilte på vejen osv.

Men da Wimsey var en yderst dygtig og lærenem hund, kunne han hurtigt lære de mange nye ting, som han skulle og han blev en rigtig dygtig førerhund. Når han ikke skulle træne de mange nye ting han havde lært, legede han med sin lille plysand, som han stolt kom og lagde i den blinde mands hænder. Til gengæld fik han en lille godbid, hver gang han kom med den lille plysand, og i løbet af årene er det blevet til rigtig mange godbidder.

"Tiden går hurtigt, når man er i godt selskab," siger den gamle talemåde. Og på samme måde var det for den blinde mand og den lille Wimsey. For de var nemlig i godt selskab – de havde hinanden og nød hinandens selskab mens de passede godt på hinanden.

Den lille Wimsey savnede slet ikke sin mor og søskende, men han tænkte tit på dem og hvordan de mon havde det. Men nu var han jo blevet noget af det allerstørste en hund overhovedet kunne blive – nemlig en dygtig førerhund for den blinde mand.

Efter et par år i det store land, hvor man kan lære hundesprog, fik den blinde mand og vide, at han ikke længere kunne beholde det arbejde, som han var så glad for.

"Vi må rejse hjem igen, du lille ven," sagde han en aften, hvor sneen væltede ned udenfor, til den lille Wimsey.

"Hvorfor dog det," spurgte Wimsey forundret.

"Jo, ser du," fortsatte den blinde mand, "menneskene, der er her, vil ikke længere have os her. De mener ikke vi 'passer ind i systemet'. Nu har vi brugt et par dyrebare år af vores alt for korte liv til at gøre dem glade og tilpasse og gjort alt hvad de har bedt os om, og så bliver vi smidt ud. Sådan er verden så uretfærdig, min lille Wimsey. Men vær du glad for, at vi to har hinanden for ingen kan nogensinde skille os ad."

Både den blinde mand og den lille Wimsey var bedrøvede over den beslutning, de onde mennesker havde taget, men de kunne intet stille op eller gøre. Sådan er livet nu en gang. Nogle gange bliver der truffet beslutninger hen over hovedet på én, uden at man tænker over konsekvenserne for dem, det går ud over.

Man kan intet gøre udover at bevare sit gode humør og ikke lade sig slå helt ud. Man skal altid kæmpe videre og aldrig opgive kampen – uanset hvor svært det end kan være.

Derfor måtte den blinde mand og den lille Wimsey atter forlade det store dejlige land, hvor man kan lære hundesprog. Det var en mørk og kold december dag, hvor sneen væltede ned over den store by. Hele trafikken var gået i stå og de to rejsekammeraters fly tilbage til deres fædrene land, var blevet aflyst på grund af det forfærdelige vejr.

"Juhu," udbrød den lille Wimsey, der elskede at lege ude i de høje snedriver. For uanset vejret, skal en hund ud og lave det, hunde nu gør ude.

"Ja, ja," tænkte den blinde mand. "lad bare det lille kræ elske sneen. Selv om menneskene har været onde, skal den lille Wimsey ikke lide under det men have det godt og få lov til at beholde det, der bringer ham glæde her i livet."

Efter nogle dage var det forfærdelige snevejr atter stilnet af, og den blinde mand og den lille

Wimsey kunne endelige forlade det store land og atter vende hjem.

"Jamen, betyder det så at vi kan besøge mor Nanna og de rare mennesker i kennelen igen," spurgte Wimsey den blinde mand under flyveturen.

"Ja, det gør," svarede den blinde mand.

"Nøj, det glæder jeg mig godt nok til," sagde Wimsey. "For jeg har oplevet så mange spændende ting i det store land som jeg gerne vil fortælle min mor om."

Kapitel 5
Den sidste rejse

Atter med fædrene grund under poter og fødder var den blinde mand og den lille Wimsey atter klar til at erobre den kendte verden.

De var begge – trods omstændighederne – glade for atter at være tilbage i det land, hvor de begge var født og opvokset.

"Ude er godt, men hjemme er bedst," plejer man at sige. Og der er så sandt som det er sagt. Det er rart at opleve den store verden, men det er mindst lige så rart at komme hjem igen.

Alt for mange mennesker og hunde tager de gode ting for givet, og tænker slet ikke over, hvad det vil sige at miste noget af det godt. Det var noget den blinde mand vidste en del om, for han havde nemlig en gang kunnet se før han blev blind.

Den blinde mand og den lille Wimsey flyttede sammen i en lille lejlighed, hvor de boede tæt ved vandet og skoven. Det var to af de bedste steder de begge vidste at komme. De holdt begge af at stå nede ved vandet og nyde den friske luft, mens den lille Wimsey nød at gå ud og få våde poter i det store vand. Men når poterne var våde, havde han fået nok. I modsætning til mange andre hunde, kunne han ikke lide at svømme.

En varm sommerdag, da det virkeligt var varmt, ville den blinde mands far gøre den lille Wimsey glad ved at tage ham med ud og svømme i en svømmehal for hunde. Wimsey sprang også glad i vandet og svømmede og svømmede så han til sidst blev så træt, at han måtte holde op.

Hjemme igen efter den dejlige svømmetur, sov Wimsey lige indtil hans lange hale begyndte at gøre noget så forfærdeligt ondt. Den stakkels Wimsey peb og peb hver gang han rørte på sig. Han kunne ikke være nogen steder, for hans lange hale gjorde noget så ondt.

Den blinde mand og hans far tog straks til den rare hundedoktor, der skulle se på stakkels Wimseys dårlige hale. Den rare hundedoktor gav Wimsey et lille prik i nakken og næsten med det samme kunne Wimsey mærke at hans lange hale fik det bedre.

"Tak skal du have," sagde Wimsey til den rare hundedoktor. Men selvom han havde været hundedoktor i rigtig mange år, kunne han ikke tale hundesprog og troede bare at den lille Wimsey sagde "vuf."

Ja, sådan kan det gå, når menneskene vil gøre noget godt for andre. Så kan det gå så galt, at man får ondt i sin hale og ikke vil gøre det mere.

****

Årene de gik med hastige skridt og både den blinde mand og den lille Wimsey blev ældre og ældre. Men det bliver vi alle jo og det uanset hvor meget vi passer på. Tidens tand kan ingen løbe fra, og så er det lige meget hvor stærkt man løber.

Den lille Wimsey begyndte i sine høje alder at få problemer med at gå lange ture. I stedet ville han bare ligge sammen med sin lille plysand og drømme om de dage, hvor han kunne løbe på marken og i skoven for at hente skudte ænder. Ak, at drømme sig tilbage til sin ungdoms magt og vælde var noget af det bedste den lille Wimsey vidste.

Men ungdommens dage var endegyldigt forbi for den smukke og søde hund.

"Hvad skal de regentlig ske med mig, når jeg en gang lukke mine to små øjne for evigt," spurgte den lille Wimsey lettere bedrøvet en dag den blinde mand.

Den blinde mand vidste godt, hvad Wimsey snakkede om og hvad han mente.

"Når du en gang skal fra denne jord," svarede den blinde mand med tristhed i stemmen, "kommer du til et sted, der hedder himlen. Her får du det sjovt, for her skal du atter møde din mor Nanna, den flinke mand som døde i sin stol og alle dine søskende. Dér skal i lege hele dagen lang og hente skudte ænder i skoven og på marken."

Den blinde mand græd indvendig da han fortalte den lyttende Wimsey om himlens mange glæder og at den lille Wimsey for altid skulle hente ænder i skoven. Den blinde mand var ked af det, for han vidste at når den lille Wimsey kom ind i den del af himlen, hvor hundene bor, skulle han ikke længere have glæde af hans selskab på denne jord. Det gjorde den blinde mand meget bedrøvet, men han viste det ikke over for den lille Wimsey, der jo var tættere på at kommen ind i himlen end den blinde mand var.

"Jamen, skal vi to så ikke mere være sammen," spurgte den lille Wimsey bedrøvet den blinde mand.

"Når du en gang kommer ind i den dejlige himmel, skal vi skilles ad for en tid. En dag vil jeg gøre dig selskab, men der går mange år endnu. Første skal jeg have levet mit liv til ende, ganske som du er ved at have levet dit liv til ende, min bedste lille ven."

Så begyndte den lille Wimsey at græde, for han ville ikke skilles fra den blinde mand. De to havde haft et så spændende og dejligt liv sammen, at han ikke kunne forestille sig noget andet.

"Du skal ikke græde, min lille ven" trøstede den blinde mand. "For en dag skal vi atter være sammen for evigt og så kan intet skille os ad. Men du er nødt til at gå først og så kan du jo holde vagt og være på udkig efter mig."

"Men hvor lang tid skal jeg så holde vagt og være på udkig efter dig," spurgte den lille Wimsey endnu mere bedrøvet.

"Nu skal du høre," svarede den blinde mand. "I himlen er der ingen tid eller begrænsninger. Her føles hundrede år som én dag og før du ved af det, skal vi atter være sammen for altid. Du kommer slet ikke til at mærke noget af ventetiden, for i himlen findes tiden slet ikke."

Det trøstede den lille Wimsey. For nu vidste han, at når han en gang kom til den store hundehimmel, skulle han kun vente ganske kort tid før den blinde mand kom og så skulle de lege sammen og hente døde ænder i skoven for altid.

Den lille Wimsey var nu klar over, at hundehimlen var et rart sted at være, og at han ikke skulle længes for meget efter den blinde mand.

Men den blinde mand var stadig meget bedrøvet, for han vidste han snart skulle tage afsked med den lille Wimsey og ikke være sammen med ham igen før han selv en dag kom ind i den del af himlen, der er reserveret til hunde og hundemennesker. Men det var en stor trøst, at den lille Wimsey havde fået fred og ro i sit sind og nu var ved at være klar til den sidste rejse ind i hundehimlen.

Selvom den lille Wimsey endnu ikke var helt klar til at tage foreløbig afsked med den blinde mand og denne verden, var han nu forberedt på, hvad der skulle ske med ham.

Alle hunde kommer før eller siden ind i hundehimlen og på en måde glædede han sig til gensynet med hans mor, søskende og de to gamle hunde som han havde boet sammen med hos den flinke mand, der jo døde i sin stol.

Men den blinde mand blev mere og mere bedrøvet, for han vidste at den lille Wimsey snart skulle ud på sin sidste rejse og ind i hundehimlen. Men han viste ikke sine følelser over for Wimsey, for han skulle ikke vide hvor bedrøvet den blinde mand i virkeligheden var.

****

Men så en tidlig morgen, da den blinde mand vågnede, lå den lille Wimsey ved siden af ham i sengen og gispede efter vejret.

"Hjælp mig," stønnede den lille Wimsey. "Jeg har det ikke godt og hele min krop gør ondt," klagede han sig.

Den blinde mand vidste godt, hvad klokken havde slået. Nu skulle han snart skilles fra den lille Wimsey, som han havde haft så mange gode oplevelser med.

Den blinde mand ville gerne beholde Wimsey lang tid endnu, men han vidste at den lille Wimsey nu var klar til at komme ind i hundehimlen, hvor han kunne lege med mor Nanna, de to gamle hunde og ikke mindst hente ænder i skoven.

Den blinde mand var meget bedrøvet og ked af det, men han vidste inderst inde i sit hjerte, at han var nødt til at hjælpe sin elskede Wimsey med at begynde rejsen ind i hundehimlen.

Den rare hundedoktor blev tilkaldt, og da han kom for at tilse den syge Wimsey, blev også han bedrøvet.

"Der er kun en ting, vi kan gøre," sagde den rare hundedoktor. "Wimsey trænger til at komme ind i hundehimlen og kunne lege med sine venner dér."

Den blinde mand begyndte at græde, for nu var tiden komme, hvor han skulle tage afsked med sin bedste ven.

"Farvel, min bedste ven," sagde den blinde mand til den lille Wimsey. "Nu må du ha' det rigtig godt til vi mødes i hundehimlen igen."

"Nu skal du ikke være ked af det, for jeg vil vente på dig med en and, som jeg har hentet i skoven og som jeg vil aflevere til dig, når du en gang kommer ind i hundehimlen til mig. Så skal vi være sammen for altid og jeg vil hente alle skovens ænder til dig," stønnede den lille Wimsey. For tale rigtigt kunne han ikke mere, da hans lille krop var ved at give op.

"Jeg elsker dig, min lille ven," græd den blinde mand mens han holdt Wimsey i poten for at hjælpe ham på den sidste rejse.

"Og jeg elsker dig mere end nogen anden på denne jord," stønnede den lille Wimsey.

Og det blev de sidste ord, den blinde mand og den lille Wimsey udvekslede.

PRIK! Wimsey kunne mærke et lille stik i nakken. Det var den rare hundedoktor, der havde givet Wimsey det lille prik. Snart blev

Wimseys øjne så tunge og han kæmpede en brav kamp for at holde dem åbne. Men til sidste måtte han give op og han faldt i en dyb, dyb søvn.

Imens den lille Wimsey faldt i søvn, drømte han om den dejlige kennel, han var født i, om den flinke mand, der var død i sin stol, om ænderne han hentede i skoven og hans lille plysand, som havde betydet så meget for ham hele hans lange hundeliv.

Mens Wimsey drømte om alle de rare ting, faldt han i en dybere og dybere søvn. Det var som om han begyndte at svæve over markerne og skoven indtil han til sidste stod foran en stor port ude midt i skoven.

"Hvad er nu det for noget," tænkte den lille Wimsey. "Der er jo en port ude midt i skoven. Gad vide, hvor den fører hen."

Den lille Wimsey satte sig foran porten og råbte: "Hallo, er der nogen?"

Døren knirkede og gik langsomt op og en mand kom til syne.

"Jamen, det er jo..... det er jo.....," udbrød den lille Wimsey, da han fik øje på manden. Det var den flinke mand, som Wimsey havde boet hos som en lille hvalp og som døde i sin stol. Og bag kom mor Nanna og de to gamle hunde løbende for at tage imod den lille Wimsey, der nu vidste, at han var kommet i hundehimlen – ganske som den blinde mand havde fortalt ham, at han ville.

Inde i hundehimlen var alt, som den blinde mand havde sagt der ville være. Dejlige store grønne marker man kunne løbe og lege på og store skove, hvor der hele tiden faldt døde ænder ned fra himlen, som hundene kunne hente.

Den lille Wimsey huskede på, hvad den blinde mand havde sagt – at tusinde år føles som en dag.

"Uha, jeg må hellere skynde mig at hente en and i skoven og så sætte mig til at vente på at den blinde mand kommer op til mig," sagde den lille Wimsey til sig selv.

Wimsey skyndte sig ind i den store skov, og pludselig lød der en ordenligt knald. Den lille Wimsey kiggede op mod himlen, og dér faldt en and ned ganske tæt ved, hvor han stod.

Han satte i fuld løb, hentede anden og løb hen til porten for at vente på den blinde mand. Allerhelst ville den lille Wimsey have ventet uden for porten på den blinde mand, men når man én gang er kommet ind i hundehimlen kan man ikke komme ud igen.

Derfor satte den lille Wimsey sig til at vente med anden i sin mund på at den blinde mand skulle komme op til ham. Og alle hunde og mennesker, der kom ind i hundehimlen, så den trofaste lille Wimsey sidde dér med anden i sin mund – klar til at give den til den blinde mand, når han end måtte komme.

Alle, der kom ind i hundehimlen, synes at den lille Wimsey var så sød og trofast, at de alle måtte hen og klappe ham på hovedet. Det blev den lille Wimsey glad for mens han sad der og ventede på den blinde mand. Og alle, der venligt klappede Wimsey blev hovedet, blev på magisk vis lige så trofaste og loyale som Wimsey.

Den lille Wimsey sidder stadig ved porten til hundehimlen med anden i sin mund og venter på den blinde mand. Magen til trofast hund findes ikke – hverken på jorden eller i hundehimlen.

Kapitel 6
Den blinde mand II

Alt dette som var hændt den lille Wimsey siden han kom ind i hundehimlen, vidste den blinde mand intet om. Han stod sammen med den rare hundedoktor ved siden af den lille Wimseys krop, der nu lå livløs på sengen.

Den lille Wimsey var død, og hans sjæl havde forladt hans krop. Den blinde mand var meget ked af det, men vidste at hans elskede hund nu var et bedre sted – nemlig i hundehimlen.

Den blinde mand havde besluttet sig for at få den lille Wimseys krop kremeret og få asken hjem i en urne, der kunne stå på kommoden. Han ville have et minde om Wimsey, og hans lille Wimsey skulle i hvert fald ikke kremeres sammen med andre dyr. Derfor tog den rare hundedoktor den lille Wimseys krop med igen, og sørgede for, at den lille hund på kremeret og urnen afleveret til den blinde mand igen.

Imens sørgede den blinde mand over den lille Wimsey. Men han kunne trøste sig med, at

Wimsey nu var i hundehimlen, hvor han kunne lege med de andre hunde og de mennesker, han havde kendt − blandt andet den flinke mand.

Nogle dage efter at den lille Wimsey var rejst ind i hundehimlen, kom postbuddet med en pakke til den blinde mand. Det var Wimseys urne, der kom.

Den blinde mand blev glad, for nu kunne han få sat urnen på kommoden, hvor han hver dag kunne mindes den lille Wimsey.

Wimsey, der nu var i urnen, blev sat på den bedste plads på kommoden, og hver dag lagde den blinde mand en frisk blomst ved urnen ligesom for at sige tak til den lille Wimsey for de mange gode oplevelser de sammen havde haft.

Nogle mennesker begraver deres hunde i haven, andre på en hundekirkegård, andre ingen steder og nogle vælger at få urnen hjem. Mennesker har mange måder at sørge på men så længe man gør det, man har det bedst med, gør man det rigtige.

Den blinde mand savnede den lille Wimsey rigtig meget, men vidste, at de en dag skulle være sammen igen. Wimsey havde jo lovet at komme med en and til ham, og det løfte var den blinde mand sikker på, at den lille Wimsey nok skulle indfri. Men lidt vidste den blinde mand, at den lille Wimsey stadig sad ved porten til hundehimlen og ventede på, at han skulle komme. Med anden i sin mund, klar til at give den til den blinde mand når han en gang måtte komme op i hundehimlen til den lille Wimsey

Se, det var et rigtigt eventyr om den lille Wimsey og den blinde mand.

Skriv dine kommentarer til eventyret her på de
tomme side.